Claudia C. Strauß

Von Graskästen, Apparaten und Wasserwelten

Erzählung

Eine junge Fotografin macht außergewöhnliche Wahrnehmungserfahrungen und findet sich an verschiedenen Orten wieder. Sie erfährt die Auflösung beständig geglaubter Realitäten, verliert dabei einiges an Gepäck, bekommt einen kleinen Hund an die Seite gestellt und gewinnt lebenslange Einsichten. Die junge Frau, schon als Kind davon überzeugt, dass ihr Leben zeitgleich aufgenommen wird von einem Apparat, konfrontiert mit der Frage nach dem Standort der archivierten Filmrollen und welches Publikum wohl ihr Leben live anschaut. Die Erzählung beginnt an einem Ort, der durch seine Wasser- und Nebelhaftigkeit wie geschaffen ist, den Boden unter den Füßen zu verlieren, bzw. nie einen geboten hat. Dort begegnet sie einem älteren Herrn in seinem Laden, der eine ganz andere Art von Apparat besitzt, für sie äußerst hilfreich, überlebenswichtig sogar. Denn die Fotografin stellt fest, dass sie plötzlich die Fähigkeit erlangt hat, ohne Fotokamera vielzählige Bilder zu bannen und ohne zeitweise Entleerung - mit Hilfe des Apparates – an der Vielzahl der Aufnahmen sonst ersticken würde. An zwei weiteren Orten erweitert und verarbeitet sie ihre außergewöhnlichen Erfahrungen mittels wegweisender Begegnungen.

Claudia C. Strauß

Von Graskästen, Apparaten und Wasserwelten

Erzählung

Lektorat: Ingrid Kaech
Umschlaggestaltung: Claudia C. Strauß

Verlag: BoD · Books on Demand GmbH, Überseering 33, 22297 Hamburg, bod@bod.de

Druck: Libri Plureos GmbH, Friedensallee 273, 22763 Hamburg

Bibliografische Information der Deutschen Nationalbibliothek: Die Deutsche Nationalbibliothek verzeichnet diese Publikation in der Deutschen Nationalbibliografie; detaillierte bibliografische Daten sind im Internet über http://dnb.dnb.de abrufbar.

ISBN: 978-3-8192-6327-9

Inhaltsverzeichnis

I DER RAUM

Seit mehr als einer Viertelstunde steht sie auf dem Platz und schaut dem Wasser beim Sprudeln zu. Langsam, ganz langsam windet es sich den Abfluss hoch, schraubt und schiebt sich nach oben in einer Weichheit und gleichzeitigen Unaufhaltsamkeit, dessen Ausmaß sie nur erahnen kann. Der Teppich breitet sich immer weiter aus und sie kann nur weichen und dennoch versinken. Sie entscheidet sich für den ersten Schritt, rück, zwei, drei, vier und dreht sich um sich selbst, schlingt das Wasser in die Bewegung hinein, wird geschoben von diesem naturbedachten Raum, ebenfalls Teil des gesamten Gewebes. Pflückt dabei Gebäude auf, die sie noch nicht begriffen hat und die zu Staub zerfallen würden unter ihren Händen. Die Kulissen rücken ab vom Ort und von ihr, die Drehbühne bewegt sich auch ohne sie weiter. Noch bemerkt sie dies nicht.

Mit der Lichterflirrung der vielen, matt erleuchteten Fenstert verzählt sie sich, kommt aus dem Takt, verfehlt die Zeit. Abrupt bleibt sie stehen, lässt den Raum um sich herumsäulen und wird für lange Zeit keinen festen Boden unter den Füßen verspüren und schwanken. Nun aber schreitet sie ihn ab, zunächst von den Außenrändern her: eins, zwei, drei, vier – trägt sie, treibt und spült sie fort, ihr bleiben nur mehr die Stege, die sich quer durch das Bild gelegt haben.

Der Schlag der Glocke tönt unvermittelt, fassungslos hält sie den Atem an. Erwartungsvoll hatte sie sich hier am Platz eingefunden, um diese Glocke schlagen zu hören, welche nach vier Takten wieder Atem holt zum nächsten Schlag. Lang ausstrecken und bauchwärts legen, um sich auszulassen in den Wassern, um fortgespült zu werden, von einem Klang, den sie nie zuvor vernommen, um eine Ahnung zu bekommen, worum es sich hier handelt und um im Widerschein gespiegelt zu werden.

Wenn nichts übrig bleibt, dann ist diese Spiegelung gewesen und die viertaktige Ausatmung.

Der letzte Schlag ertönt unerwartet und plötzlich. Ihr Blick haftet am Brunnenrand, auch dort eine Stille, es hat sich etwas verwoben in ihr, dicht ist es, ohne lose Enden, kein Zugriff möglich. Sie spürt dieses erste Abbild, steinschwer in ihren Eingeweiden, kann nicht verstehen, was da soeben mit ihr geschehen ist. Nun kein Regen mehr. Sie steckt den Schirm in eine Plastiktüte, in die Tasche hinein, zu ihrer Fotoausrüstung und all den anderen Dingen. Sie muss sich immer mitschleppen, die Tasche reißt schwer an ihr, während sie läuft, anfängt zu rennen und dies nicht nur rasch, sondern rasend. Sie ist wie getrieben von der Erkenntnis, dass dieses Bild ohne ihr Zutun entstanden ist, und sie wird sich wie der Hamster im Rad, wie im Labyrinth selbst hetzen sehen.

Alles muss sie sehen, um eine Abbildung in sich herstellen zu können, nach jedem zehnten Blick vielleicht, wer kann das wissen. Deshalb muss sie so schnell sein, sie muss schneller sein als die Dinge, die sich verändern werden, immer verändert sich alles und sie muss schneller sein, wenigstens einen Schritt zuvorkommen. Und laufen, laufen, immer weiter laufen, um die Ecken, Kanten und Biegungen herum, ankommen am Ausgangspunkt. Sie will es doch finden, das Geheimnis lüften, dieser permanenten Bildaufnahme, ohne ihr Einwirken, das erste Abbild nur der Beginn.

Sie stößt an die Kanten und Ecken und Kanten der Häuser, schrammt sich die Haut auf dabei, ohne es zu spüren und muss weiter, immer weiter, die Grenzen durchwaten, wird angetrieben, in diesen schnellen, rastlosen Lauf hinein, will erreichen, sich selbst vorbei laufen zu sehen. Mit den Beinen würde sie baumeln, den Rücken an die Sitzbank geheftet, sich selbst zuwinken sehen, dann die Kamera zur Hand nehmen, um sich im Vorüberlaufen selbst erhaschen und zu bannen. Sie weiß, dass sie aus eigener Kraft nicht wird anhalten können, da muss sie schon etwas zu Fall bringen oder ins Wasser vertauchen. Erst jetzt spürt sie im Vorüberziehen des Raumes, wie achtsam sie sein muss, nicht nur um ihrer selbst willen. Der Raum zieht an ihr vorbei, und streift sie nicht einmal, sie hingegen wirft sich förmlich gegen Fassaden, als hätten sie ihr etwas angetan vor langer Zeit. Bemerkt dabei kaum, dass sie nur stehen zu bleiben braucht, um sich selbst paradieren zu sehen. Völlig entkräftet erreicht sie nur knapp die Haustür, bricht beinahe zusammen, schafft es gerade noch, sich zuhause auf ihr Bett fallen zu lassen.

Randvoll ist sie, alles hat sie aufgenommen, auf dem Weg ist alles in sie hineingesickert, ausnahmslos hat sie aufgenommen und gespeichert.

Mit diesem inneren Apparat.

Bislang wusste sie nicht, dass sie so etwas in sich trägt. Restlos alles hat Aufnahme gefunden, die Tonspuren haben sich ineinander geschoben, die Bilder in rascher Abfolge. Panik umspült sie von den Füßen her und das Wissen, dass sie das nicht wird tragen können. Es muss raus, es muss heraus aus ihr, sie muss sich entleeren, auf der Stelle und ihr wird so schwindlig, dass Übelkeit sie auskippen und schwarz vor Augen werden lässt.

Kurz vor dem Aufwachen, ohne zu wissen, wie lange sie gelegen ist, vernimmt sie, bei noch geschlossenen Fensterläden, wie die Kinder auf ihrem recht kurzen Schulweg, lachend und

schnatternd, sich durch die enge Gasse vor ihrem Fenster entlangpressen. Sie kann sich an nichts erinnern, nur an den Platz und den letzten Blick auf den Brunnendeckel. Sie erhebt sich, schwer, matt und kraftlos, wascht sich träge, kleidet sich lustlos um und verlässt das Haus. Erneut macht sie sich auf den Weg, langsam, sehr langsam. Beim Kaffee in der Bar, ganz in der Nähe, fällt ihr Blick auf das kleine Geschäft schräg gegenüber. Auf dem Ladenschild steht geschrieben:
DER BESONDERE APPARAT
Im Moment befürchtet sie, während sie im Kaffee rascher rührt als sonst, während sie den Eingang des Ladens im Blick behält, er könne womöglich gleich schließen und sie sei dann zu spät, hätte dann etwas verpasst, wo sie doch gerade etwas entdeckt habe. Müsste sich beeilen, schnell hinüber gehen. Sie schließt die Augen, umklammert die Tasse fester – und bleibt sitzen. Sie zwingt sich, sitzen zu bleiben, die Augen zu öffnen, den Eingang des Ladens und die Aufschrift des Schildes näher zu betrachten:
DER BESONDERE APPARAT
Sie kann nicht erkennen, ob das Geschäft geöffnet ist, ob es jemals wieder geöffnet wird, sollte es geschlossen sein.
Was sie dort will.
Bis eben hat sie es noch gewusst. Jetzt ist es weg.
Ihr Abbild und sie mit ihm.
Diese Überschwemmung in ihrem Innern, an diesem Ort kann sie nur verschwinden, da kann sie nur als Spiegelung existieren, die langsam zerteilt wird, wie ein Handrücken sanft durch Wasser gleitet, damit sie sich dann wieder still schließen kann, die Fläche und die Schwärze bleiben, die sie immer war.
Sie löst die Hände von der Kaffeetasse, schiebt sie von sich, zahlt und geht fast zögerlich zu dem gegenüberliegenden Geschäft. Auf dem Weg dorthin wird ihr wieder schwarz vor Augen:

Die junge Fotografin sitzt auf einem Stuhl. In Augenhöhe befindet sich eine Metallkonstruktion, die dieser bei einem Augenarzt ähnelt, wo das Kinn auf eine Halterung positioniert werden muss. Die Person auf der anderen Seite misst sodann Werte, währenddessen sie unablässig dazu angehalten wird, die Augen geöffnet zu lassen, ohne zu blinzeln. Auch hier dieses Vorgehen, wenngleich mit anderem Ergebnis.
Der Ladenbesitzer, ein älterer Herr mit Schnurrbart und einem gütigen Gesichtsausdruck, sitzt ihr still gegenüber und wartet. Er hat ihr aufgeholfen, als sie vor den Ladeneingang stolperte, behutsam nach innen geleitet, auf den Stuhl geführt, hin zu dem Apparat. Sie reibt sich mit beiden Handflächen das Gesicht und die Augenpartie. Ob sie ein Glas Wasser wolle und dass sie mehr auf sich acht geben müsse und es ihr sicher gleich besser gehen würde. Sie trinkt das Glas langsam Schluck für Schluck aus, wartet wieder. Er streicht mit seinen zartgliedrigen Fingern über den grauen, knielangen Kittel, reibt sich die Nasenwurzel mit Daumen und Zeigefinger der rechten Hand, bevor er die Brille wieder auf die Nase sinken lässt.
Sie möge jetzt bitte das Kinn auf die vorgesehene Halterung legen, ruhig und gleichmäßig atmen und vor allem die Augen geöffnet lassen. Es gelte die besondere Eigenart dieses Apparates zu beachten. Hier müsse sie nämlich, wenn er sie dazu auffordere, und JETZT rufe, ein jedes Mal blinzeln, solange, bis es genug sei. Er wird ihr das heute sagen, wann es genug sei. Das kann sie noch nicht wissen, es ist ja eine neue Erfahrung für sie
Es gibt nicht mehr Viele, die vor seine Tür gespült würden.
Sie sei eigens auserwählt worden, ob sie sich dessen bewusst sei. Ob sie das wisse, dass ihr Leben, dass sie jetzt ein anderes. Dass sie nun ihr Leben würde leben müssen. Vorausgesetzt. Er fordert sie mit sanfter Stimme noch einmal auf, Platz zu nehmen vor dem Apparat, seinen Anweisungen präzise Folge zu leisten, das wäre sehr wichtig, sonst würde der Fluss

unterbrochen und die komplizierte Mechanik würde Schaden nehmen - und sie auch.
Nachdem sie abermals unzählige Male geblinzelt hat, klärt sich ihr Blick zusehends auf, ihre Atmung wird freier und sie fühlt sich erfrischt und voller Energie.
Sie möge ihn für einen Augenblick entschuldigen, er sei gleich wieder zurück und verschwindet im Dunkel des Hinterzimmers. Die Fotografin schließt die Augen.
Nach einer kurzen Weile kehrt er zurück. Es seien Schwarz-Weiß-Abzüge geworden und er habe sich erlaubt, einige auszuwählen, das Format festzulegen, sie müsse sich das dann in Zukunft selbst überlegen, bevor sie zu ihm komme, so würde sie vertrauter mit dem Mechanismus, dem Ablauf und den Regeln, aber dies würde sie später erfahren.
Er reiht auf einem rechteckigen, dunklen Holztisch im hinteren Teil des Ladens einige Fotografien auf, sie steht jetzt neben ihm. An weniger Gepäck wird sie sich ja jetzt leicht gewöhnen können, bemerkt er schmunzelnd und zwirbelt seinen Schnurrbart. Ihre Fotoausrüstung könne sie sofort verkaufen, die bräuchte sie nicht mehr. Nie mehr.
Sie habe alles dabei, was sie benötigen würde. Eine Vielzahl von Fotografien könne sie aufnehmen, mit jedem Lidschlag eines und, wie sie nun wisse, auch wieder loswerden. Bei ihrem langen Lauf gestern Nacht hätte sie sich unwissentlich verausgabt – nicht alles was sie aufnehme, würde auch ein Bild ergeben.
Neblige, weiche Wattigkeit beginnt sich langsam in ihr auszubreiten, betrachtet die Fotos nochmals. Ihr Blick streift den Apparat, begegnet dem ruhigen, klaren Blick des Ladenbesitzers, sieht sich im Brunnenwasser gespiegelt. Diese Abbilder sind also ohne ihr Zutun entstanden. Lediglich durch das Blinzeln mit ihren Augenlidern. Das würde ja bedeuten.
Dies sei kein Spiel, unterbricht er ihre Gedanken, darüber müsse sie sich im Klaren sein, dass das keine Spielerei sei,

sondern eine Gabe und womöglich ein Fluch, wie immer sie das betrachten möge. Aber es werde ihr nichts übrig bleiben, als einen Weg zu finden, damit zu leben, sie kann dem nicht entfliehen, nur überlassen. Folgende Regeln gelte es einzuhalten:
Erstens: Kurz vor der völligen Erschöpfung müsse sie den Weg hierher gefunden haben, von jedem Punkt der Erde aus, denn

Zweitens: Nur hier, an diesem Ort, an diesem einen Apparat ein Überspielen möglich, ein Auslassen. Naht sie nicht rechtzeitig, so verbleiben die Bilder – ohne sie.

Drittens: Es gäbe jeweils immer nur ein Exponat, in jedweder Form und Format, das habe sie zu entscheiden, denn

Viertens: Mit einem genauen Plan müsse sie hier eintreffen, genau erinnern können, was sie aufgenommen habe, vielleicht würden Papier und Stift dabei hilfreich sein.

Fünftens: Nach der Entleerung, die der Apparat mit seiner Hilfe gewissenhaft übernehmen würde, wäre eine gewisse Ruhezeit einzuhalten, in der er dann den jeweiligen Abzug vorbereiten und die Herstellung der gewünschten Form und Format fachtechnisch betreuen würde. Sie müsse in diesem Zeitabschnitt komplett reizarm ruhen, mit einer Augenbinde, geschlossenen Fensterläden und mittels einer Schlafspritze nur den inneren Bildern überlassen bleiben.

Fürs Erste seien das die wichtigsten Punkte der Regelliste. Rastlos und unbedingt hat er sie hersagen müssen. Zufrieden nun streicht er über seinen Kittel. Sie setzt sich, legt einige der Fotos, Spiegelungen, lockerer Verputz und quer gelegte Riegel, zurück auf den Holztisch. Der Ruheraum befindet sich nebenan und ist behaglich. Ein bis zwei Stunden dürften diesmal genügen, murmelt er so sich hin und zwirbelt an seinem Schnurrbart. Er bitte die Verzögerung zu entschuldigen, aber er habe ihr das alles ja noch erklären müssen. Ihre Lippen liegen bleischwer aufeinander. Sie bekommt keinen Ton heraus, kein Gedanke erscheint mehr. In eine angenehm geschmeidige Decke gehüllt, auf der linken Seite liegend, die Knie an den Bauch gezogen, wacht sie auf, trudelt aus Schlafschichten herauf. Traumgewebtes glättet sie auf der Wolldecke und versucht die erhaschten Faserfusseln einzuweben.

Wann sie zum ersten Mal begriffen hat, dass sie gefilmt wurde, ohne dingliche Kamera, ohne Apparatur, dennoch gewiss, dass sie gefilmt wurde, jeder mögliche Augenblick, das weiß sie nicht mehr genau. Vielleicht war das Mädchen, das sie war, acht oder elf Jahre alt, denkt sie noch im Halbschlaf. Dies eine deutliche Kindheitserinnerung, gleichzeitig eine Fortschwemmung, bevor sie diese hat festhalten können. Bezog fortan diese Blicke aus einer Schaltzentrale auf sich, die sie nicht hat zuordnen können, keinen Namen gefunden. Es war nicht sonderlich bedrohlich, wie sie sich jetzt erinnert, es schienen ihr keine Nachteile daraus zu erwachsen. Vorteile auch nicht, durch gutes Betragen zum Beispiel, in der Schule, an der Hand der Lehrerin, wo sonst hätte sie sich festhalten sollen, wenn dies auch keine Rettung, keineswegs, und die Eulen längst aufgeflogen. Also gute Miene machen, wenn sich das Kameraauge auf sie richtete. Ein Leben lang, ohne Materialschaden, ohne Atempause. Eine Lebensnotation, reiche Klangfarbe, eine Konservierung. Aber kein Mensch, welchen sie hätte fragen können. Sie wusste, dass die Welt so funktioniert, nicht wie, aber dass ihr Leben vom ersten Augenblick an auf vielen zahllosen Filmspulen konserviert werden würde. Dass es eine Apparatur gab, die ihr Leben live aufzeichnete und dass es zum selben Zeitpunkt Zuschauer gab. Nicht nur das unbekannte Wesen hinter dem Kameraauge, sondern die Menschen, die sich ihren Lebensfilm zeitgleich anschauten. Also durchaus darum wussten, was sie gerade tat. Den Hamster füttern, auf dem Klo sitzen und in der Nase bohren, die undurchsichtigen Muster der lindgrünen Übergardine betrachten. Sie wundert sich, dass die Leute dies alles sehen wollen. Aber die Leinwand ist unaufdringlich, doch die Bilder, das Geschehen sintert ein, hinterlässt Spuren und alle sind beteiligt, Darsteller, sowie alle Mitakteure, Techniker. Die einzige Gewissheit, die sie momentan hat, ist, dass es geschieht, auch jetzt, in diesem Augenblick.

Sie streicht mit beiden Händen über die Decke und weiß immer noch nicht, wo die Spulen aufbewahrt werden. Ob es nicht doch Pausen, Lücken und Lichtblitze gegeben hat. Außer mit dem Ladenbesitzer kann sie mit niemandem sprechen über ihre Entdeckung.

Sie hat Hunger, will auch einen Kaffee trinken und weiter sehen.

Beim Kaffee denkt sie darüber nach, wie sie nun eigentlich an diesen Ort gelangt ist. Nicht ein rückwärtiges Steigen den Berg hinauf, obwohl durchaus ein rückwärtiges Ankommen es gewesen ist. Inzwischen der Himmel zu sinken begann. Eine Wolkenverzierung, die Sonne, welche sich hinter den Vorhang zurück, eine Vorstellung und Schauspiel.

Der Himmel zum Abend hin in etwas Bequemes schlüpft. So erinnert sie sich an das rückwärtige Ankommen, röhrengepresst, letztlich wie Raketengefährt, in diesen hineingeschoben an jenen Ort, mit geschlossenen Augen und rückwärtig.

Die schwülschwere Feuchte drückt in entgegengesetzter Richtung an ihrem Rücken vorüber, an den Armen seitlich hinweg, gelfließend, kein zartes, leises Blasen, es wuchtet in einer zähen Klebrigkeit an ihr entlang und über ihren Scheitel hinweg. Das Haar wird nach vorn geschichtet und der Rumpf wölbt sich, schützt das Runde vor dem Leib, umarmt den Schub kurz, sodann die Arme nach vorn gestreckt, die Beine folgen nach, eine Art Klappmesser im Sitzen.

Ein Ankommen an diesem Ort gibt es nur ein einziges Mal, rückwärtig, mit geschlossenen Augen und bei Nacht.
Später wird sie die Spiegelungen, die Verzitterungen des spärlichen Lichts an den Fassaden stillstehen lassen wollen. Rückspulen, das Tonspurgeschobene zu glätten versuchen, genau hinschauen, aber dann hätte sie sich auch schon umgedreht. Daran hat sie denken müssen, und glaubt der Frage einer möglichen Verwandtschaft beider Apparate kaum ein Bruchteil näher gekommen zu sein., rührt dabei mechanisch in ihrem Kaffee herum, der inzwischen längst erkaltet ist. Sie setzt einen neuen auf und vergleicht:
Der Apparat, der dem älteren, freundlichen Ladenbesitzer gehört und ihr half, ihre zahllosen Blicke aufzunehmen, und derjenige Apparat, der übergeordneter Natur zu sein anmutet, endlose Filmrolle oder Stapel von Filmdosen, die ihr Leben aufzeichnet, bergen – es scheint gewisse Verbindungen zu geben, aber welche.
Sie fürchtet nichts mehr, als dieses Archiv eines Tages wirklich entdecken zu müssen. Manchmal aber läuft der Film von ganz allein ab.
Heute will sie erst spät am Abend nach dem Essen hinaus, um wieder an den Platz zu gelangen, denn auch beim ersten Mal war es nachtdunkel. Um ihren Fotoapparat muss sie sich keine Sorgen machen, obwohl sie es doch bedauerlich findet, dass sie ihn nie mehr benötigen soll, alles bei sich hat, zuvor auch schon, wusste das aber nicht. Jetzt jedoch alle Hände voll zu tun, nichts mehr in der Hand zu haben. Sie dachte, sie wisse schon eine Menge über das Sehen, über das Hinschauen, aber sie muss ganz von vorn beginnen, so scheint es ihr.
Was hat der Ladenbesitzer zu ihr gesagt, wie verhält sich das mit der Regelliste. Sie müsse, wenn sie ihn aufsuche, genau sagen können, was sie mittels eines Augenblickes, durch einen Lidschlag ausgelöst, wisse, um was es sich handele und was es werden solle. Unmögliches, findet sie, wird da von ihr verlangt

und Widerstand gegenüber diesem netten, freundlichen älteren Herrn mit seiner nachdrücklichen Liste beginnt sich in ihr zu regen. Wenn sie sich einem Objekt zuwenden würde, um es in Augenschein zu nehmen, kurz zuvor müsse die Entscheidung schon gefallen sein: Schwarzweiß, Color, auch blautönendes Grün vorstellbar. Das macht sie komplett rasend, dass sie dies alles vorher planen soll.
Der Abend sinkt voran, die Schwärze schwimmt ohne sie fort. Sie läuft ruhelos, stützt sich ab, es blättern die Schichten der Häuser, immer wieder schwankt der Steinboden. So läuft sie immer weiter und weiter, begegnet schemenhaften Menschen, die sich langsam verwischen, um Ecken und Kanten verflüchtigen. Stehen bleibt sie nach der Umwanderung des Sockels einer Brücke, vor diesem eine Freifläche. Diese hat sie gänzlich für sich allein. Schaut auf das Tintenwasser, die glatte stille Schwärze. Die matten Lichter knapp oberhalb der Wasseroberfläche. Sie muss sich einreden, dass es sich um eine Wasserfläche handelt, denn wenn sie dem Wunsch nachgeben sollte, sich hineinstürzen zu wollen, so wäre es doch besser, es wäre Wasser und kein festes, schweres Tuch. Glattes Spiegeltuch, welches, zöge man es seitlich hinweg, was wohl darunter sich befände. Sie kann sich nicht bewegen, sie kann nur zart Atem holen, von den Rändern her, und schauen, mit den Augensaugnäpfen Stück für Stück hinzugleiten, jeden Zentimeter abzutasten, um doch nur auf der Stelle zu treten. Die Fischmäuler putzen das Glas des Aquariums, kussgestülpt, ihre Augen können sich nur heften, kleben daran, lösen sich nicht mehr ab von dieser glatten, schwarzen glatten Oberfläche. Zugleich spannen sich ihre Lungenflügel aus, in die soviel Luft doch gar nicht strömen kann, die das nicht aufzuhalten vermögen, die Dichte der klaren und zugleich sumpfsatt durchsetzten Nachtluft, fischgestärkt und tief. Sie hat alles vergessen, was sie will, was sie soll. Regeln und Verstöße. Sie ist satt und sattschwer, auch dieser Zug zu den Knien hin. Keine geringste Vorstellung

davon, wie sie den Weg zum Laden bewältigen soll und keine Idee, wie überhaupt zu finden, dorthin zu gelangen ist. Sie geht ein paar Schritte rückwärts, tastet die Steine entlang des Brückensockels sanft ab und stützt sich schiebend Stück für Stück nach unten zum Boden, kommt zum Sitzen. Den Brückenpfeiler stützend im Rücken und weit oben über ihrem Kopf, am höchsten Punkt der Brücke, die Ausbalancierung. Inzwischen hat sie die Knie an den Bauch gezogen, die schwarze Stille des Wassers verschwimmt hinter ihren sich schließenden Augen.

Die Stahltüren des Fabrikgebäudes gleiten lautlos zur Seite, sie tritt ein in das Dunkel, tiefschwarzes Loch, weiß sich klar im Traum. Beim nächsten Schritt ein Stoßen gegen eine Art Metallregal, sie muss sich auf das Fühlen verlassen, hineintasten ins Leere, bis sie die runden, flachen Büchsen erfühlt, in denen sich die Filmrollen befinden, das weiß sie genau, das dies der Ort ist, wo sie nicht hätte hingelangen dürfen.
Sie hört Stimmen, so wie vor dem Einschlafen, dieses Gewirr von Stimmen, diese einzelnen Fetzchen von Worten, manches Mal so leise, dass sie die zarten Ohrsegel aufspannen muss, dann wieder die Ohrmuschel verstopfen will, weil es sie so anschreit, weil die Stimmen am Rande des Schlafes keine Rücksicht nehmen wollen.
Diese Stimmen. Sie befindet sich also an diesem Ort, von dem diese Stimmen stammen!
Von hier aus schwärmten sie aus, geschwaderhaftes Umsäuseln zunächst, bevor sie sich verbargen in den Fasern der lindgrünen Übergardine. Sie folgt ihnen tastend nach in den Nebenraum, bedeckt ihre Augen schützend mit den Händen, das flackernde Licht des Projektors blendet sie nach der vorherigen schwarzen Stille. Auf der Leinwand sieht sie sich die Treppenstufen herauf hasten, das sechsjährige Mädchen, wie es die Stufen hinauf stürzt, verfolgt von Löwen und Tigern. Sie nimmt zwei, drei und vier Stufen auf einmal. Diese wachsen mit jedem

Schritt an, riesige Steinquader türmen sich vor ihr auf, verändern Farbe und Beschaffenheit, lassen sie einsinken oder abrutschen. Die Tiere kommen immer näher. Die rechte Hand wird schon krachend zerbissen, unblutig und staunend steht sie still. Selbst ihre Träume sind also aufgezeichnet worden! Dann gäbe es ja praktisch nichts, gar nichts, wenn ihre Träume, dann ja auch, wo ist ihre Gedankenmatrize, dann gäbe es ja.
Sie stürzt kurzerhand zum Projektor, wirft ihn um, ergreift ihre Lebensspur, will diesen Faden reißen lassen, im Traum darf sie alles. Da kann sie ruhig in die Spule greifen, das Filmmaterial vernichten, das tut ja nichts zur Sache, das ist ja nur ein Traum und außerdem wird wohl auch diese Szene aufgezeichnet werden, wie es immer gemacht wurde, ausnahmslos die gesamte Zeit über.

Etwas Nasses, da ist etwas Feuchtes an ihrem rechten Handrücken und das Feuchte atmet warm und Zuversicht breitet sich aus in ihr. Am Rand eines knappen Blinzelns erkennt sie steinschwer und unscharf den kleinen Hund, mit schwarzem, kurzem Rückenfell und weißem Bauch, der an ihrer Hand schnüffelt, ableckt und leicht stupst. Sie muss aufwachen. Sie muss aufstehen. Sie muss sich fortbewegen. Weg, sie muss jetzt weg von dieser schwarzen Stille, die so verlockend war, dass sie übergelaufen ist, über die Ränder geschwappt, alle Regeln außer Acht gelassen, aus Widerstand diesem alten Herrn gegenüber, als wolle er sie schikanieren mit seiner Regelliste. Sie tastet mit beiden Handflächen nach hinten, zum Steinpfeiler, an dem sie zusammengesunken war, schiebt sich hoch, Zentimeter um Zentimeter, presst ihren Rücken daran, um sich für einen Moment Sicherheit aus dem Gemäuer zu saugen. Mit aller Kraft reißt sie die Augen auf, um nichts mehr sehen zu müssen, sehen will sie schon, aber nichts mehr aufnehmen, Lidschlag für Lidschlag. Sie wird den Weg gezwungen sein zu finden, sie

wird den Weg hin zum Apparat jetzt aufspüren, bevor es zu spät ist.
Wie sie es geschafft hat, sich zu ihm in den Laden zu schleppen, wusste sie nicht mehr. Das planlose Umherirren, darunter so ein Strömen, das sie an die Hand genommen hatte. Von schwarzer Stille keine Spur, nur ein mattmüdes Wiegen der Boote, die schemenhaft erkennbar und sprießende Handschattengewächse. Er hat schon auf sie gewartet. Hat diesen Augenblick erwartet. Kannte es. Dieses erste Verausgaben. Dieses suchende Herumrudern und Irrlichtern. Nur dem schwarzen Strömen überlassen, das gelingt den Wenigsten, er kennt das schon. Er kann sich verlassen auf seinen Hund, längst liegt er eingerollt auf seiner Decke und träumt. Die Träume, ach, die Träume, ihr gelangt immer dann an die Orte, wenn Ihr Euch vergesst, wenn Ihr nicht auf Euch achtet. Wie viele habe ich schon zurückholen müssen, natürlich in langen Zeitabschnitten, letztlich in Jahrhunderten gemessen, das ist nicht wichtig. Aber dass Ihr auf Euch achtgebt, das ist wichtig. Ich habe mich doch deutlich ausgedrückt oder etwa nicht, und will seine in dem knielangen, grauen Kittel verstaute Regelliste hervorziehen. Müde winkt sie ab, bittet ihn, sie jetzt damit in Ruhe zu lassen, brauche nur Hilfe, um zum Apparat zu kommen, alleine schaffe sie das nicht. Sanft umgreift er ihren Oberarm und begleitet sie hin zur Apparatur, an der sie auf einen Stuhl sinkt. Die Prozedur scheint ewig zu dauern und bringt dieses Mal nicht die erwartete Erleichterung mit sich. Da würde sie sich wundern, meint er ungehalten, ohne eine Antwort ernstlich abzuwarten. Er habe ihr doch vorher deutlich zu verstehen gegeben, dass sie genau wissen müsse, was sie bannen wolle, nicht die Bilder in sich hineinschlingen, nur Beobachterin sein. Manchmal jedoch, manchmal fallen diese Augenblicke zusammen: das Schauen und das Erfassen wollen. Dies gilt es dann auszuhalten, denn es werde sie irritieren. Scheucht sie den Moment zu früh auf, wird sie ihn verlieren und nur mehr die Idee

an die Wand heften können; wartet sie zu lang, trennt sie den dazugehörigen Gedanken ab und das Bild treibt haltlos davon. Momentan immerhin, die Bilder sind gebannt, der Chip ist geleert. Sie solle jetzt schlafen, nicht vergessen die Augenbinde anzulegen, die Sonne bald sehr hell. Sie möge wohl ruhen und morgen weiter sehen.
Die Augenbinde lässt nichts hindurch, keinen Spalt Helles. Sie ist froh, beim zähen Aufwachen noch nicht sehen zu müssen, weiter sehen, über die Ränder hinaus. Lieber schwimmen will sie, sich fortschwemmen lassen, um die Bilder nicht erhaschen zu müssen. Sie dreht sich auf die andere Seite, die Augenbinde verrutscht und die Sonne hebt ihr die Augen aus den Höhlen. Sofort zerrt sie ruckartig am geblümten Laken und schlingt es sich um den Kopf, rollt sich dann kurze Zeit später doch aus dem Bett, um endlich stolpernd den Gasherd zu erreichen und Kaffee aufzusetzen. Stellt sich vor, wie es sich wohl tatsächlich verhält mit den Gedanken, Bildern und Geschehnissen. An welchem Ort befinden sich die noch zu ereignenden Dinge, von wo aus umflügelt sie das Rauschen aus der Warteschleife der Ereignisse. Wieder im Bett, die Beine an den Bauch gezogen, macht sie sich sogleich Notizen, nippt an ihrem inzwischen lauwarmen Kaffee.

Das Publikum sitzt jetzt in Kinosesseln, zerknackt Chips und schauen sich sogenannte Filmbiografien an. Die Geduldsfäden der Menschen sind bürstenkurz, mit Tüten beladen und Getränke zutzelnd, trotten sie die Gänge entlang, mit irrem, suchendem Blick, teilweise hastend auch und nicht weniger verwirrt, um sich in die nächsten Sesselleben sinken zu lassen. Von den auf sie gerichteten Kameraaugen haben sie keine Ahnung, allenfalls in Umkleidekabinen beim Kleiderkauf vermutlich. Lassen sich direkt unter die Scheinwerferaugen nieder und verwedeln das Unbestimmte mit überflüssigen Handbewegungen, erahnen nicht die stille, surrende Ausrichtung auf ihre

Person, die Lebensspuren laufen aneinander vorbei, bis sie sich schlappend um die leeren Spulen wickeln.

Sie hätte doch gar keine Wahl, provoziert er unterdessen. An seinem gebügelten, grauen Kittel, streicht er die unsichtbaren Fussel ab, setzt sich an den langen Holztisch und legt die feingliedrigen Hände übereinander und schweigt. Sie könne gehen, sie hätte sehr wohl die Wahl zu gehen, würde ihr das alles zu bunt hier, dann stürbe sie eben an Überstopfung, am Überquellen der Bilderwelten verenden, dann sinkt das Frachtschiff eben, so einfach wäre das!

Sie steht hinter einem Stuhl, stützt sich auf die Lehne, wippt vor und zurück, verkrallt sich, blickt kurz zu ihm hinüber. Er wischt jetzt unsichtbare Krümel vom Tisch, lautlos und behutsam, nachdenklich begegnet er ihrem Blick. Sie sieht das nicht, sie kann das nicht erkennen, denkt er, dass dies keine Lösung. Die Regelliste, die sie nur als Zwangsjacke zu begreifen scheint, hat sie nur ein einziges, flüchtiges Mal näher betrachtet. Er wartet jetzt schon so lange darauf, dass sie einmal nachfragt, ihn um Hilfe bittet, sodass er ihr den einen oder anderen Punkt erläutern könnte. Sie fragt sich indessen, welches Motiv in welcher Größe sie auswählen soll. Eine Beschränkung, darauf läuft doch alles hinaus, und sie war ja auch schon an dem Ort, aber dieses eine Motiv, was ist es nur.

Inzwischen hat sie den Laden grußlos verlassen, der kleine Hund, schwarzfellig der Rücken und weiß der Bauch, ist hinter ihr her getrippelt. Bevor sie die Ladentür hat schließen können, hat er sich knapp durch den enger werdenden Spalt hindurch geschoben, um sie begleiten zu wollen. Beide wissen sie nicht wohin.

Nach ihrer Rückkehr, der Hund liegt wieder auf seiner Decke und hat sich zweimal nach rechts und dreimal nach links um sich selbst gedreht, atmet satt ausschnaufend und versinkt.

Gemeinsam beobachten sie ihn, die Fotografin lächelt den älteren Herrn später an, ausschließlich mit dem Beobachten des Tieres beschäftigt gewesen. Das ist doch schon mal ein Anfang, meint er, das gibt ein gutes Bild ab. Nach einer Weile beschließen sie, sich gemeinsam auf den Weg zu machen, auf einen Kaffee in der Bar, ein paar Häuser weiter. Dort, auf dem kleinen Platz, vor dem Café, ein großer hockender Hund, schaut direkt auf die Kante zweier Hauswände, nicht auf die eine oder andere Wand, sondern direkt vor der Schnittstelle sitzt er und sie hinter ihm. Der Hund scheint das zu wissen. So starren sie also gemeinsam auf diese Schnittstelle, tasten die Ränder der porösen Häuserwände ab und die darüber gelegten Riegel. Er lobt sie, die Aufgabe ist erfüllt worden, froh ist sie darum und ruhiger jetzt. Erklären kann sie sich das immer noch nicht, aber es fühle sich besser an, gesteht sie ihm, genau hingeschaut zu haben. Ob sie sich denn auch schon überlegt habe, in welchem Format sie das Schnittstellenhundemotiv und für welche Präsentationszwecke sie dieses Foto würde benützen wollen. Klein solle es sein, das wisse sie sicher, sie wünscht sich so sehr wieder etwas im Gepäck zu haben, etwas zum Herumtragen und auch, wenn sie dieses Foto nicht fortwährend anschauen müsse, aber etwas bei sich haben, etwas Dinghaftes, das wäre schön. Wunsch ist Wirklichkeit. Wichtig sei ja nur, dass sie genau darum wisse, was sie wolle. Also, morgen würde sie ihren Abzug bekommen, kleiner als eine Postkarte, um immer wieder danach tasten zu können. Sie seien nun endlich einen Schritt weiter gekommen. Er brummt zufrieden, während er seine wohlgeformten Hände in seine Kitteltaschen versenkt, inzwischen wieder im Laden. Sie bedeutet dem Hund, dass er hier auf sie warten solle, nicht mitkommen dürfte diesmal. Sanft streicht sie mit beiden Händen die fledermausigen Hasenohren des schläfrigen Hundes, der sich torkelnd zu Tür bewegt hat. Der Ladenbesitzer hält sie ihr schmunzelnd auf, aber sie hört diese jedoch nicht hinter sich ins Schloss fallen. Nach

einigen Wegumbiegungen steht sie wieder am Fuß der Brücke, am Nabel der Welt vielleicht. Wie damals, dieses Nachtdunkel, vereinzelte rote Lichter am Ufer gegenüber, bootloses, schwarzes Dichtes. Wieder das schwere, feste Tuch, aber diesmal ist sie nicht geschwächt und dumpf, sondern hellwach und klar, sodass die Schwärze sich selbst aufnimmt. Den Rahmen hat sie nicht zufällig gewählt und wehrt sich gegen alle mögliche Fokussierung. Sie will das eine Bild mit allen Seitenrändern. Sie nimmt den Raum als solches in sich auf.
Nachdem sie sich diesmal den Abzug wasserplanengroß gewünscht hat, hautdünn, um so die schwarze Fläche tatsächlich bedecken zu können, stellt sie fest, dass ihr Wunsch schon erfüllt worden ist, sie weiß es genau. Als hätte die vorhin nicht ins Schloss gefallene Ladentür ihr einen direkten Zugang zum Kanal beschert. Das will sie sich sofort anschauen gehen, läuft schnell in den Laden, um den Abzug abzuholen, rasch zurückkehren zu können zum Fuß der Brücke. Gesagt. Getan.

Bald jedoch darauf ein Versinken des großformatigen Abzugs und mit dem Versinken bricht sie ein in den Raum darunter. In klaren Träumen ist sie dem Raum begegnet, wo ihre Lebensspuren, Lebensspulen aufbewahrt werden, konnte eine Szene aus ihrer Kindheit sehen. Verdoppelung der Apparate. Der eine Apparat hat ihr geholfen sich selbst zu entleeren bei wildwahllos aufgenommener Bilderflut, dem anderen ist sie begegnet im Traumraum. Jetzt aber fühlt sie sich klar wie nie zuvor, nachdem sie rückwärtig hinab gesunken, aufgenommen worden ist von Raum und Zeit. Sie weiß genau, dass sie nach dem Auftauchen wieder ihren Rucksack wird packen müssen, aber mit Bedacht, tragbar. Denn von der flüchtigen Gabe ist sie befreit worden, seit sie vor ein paar Tagen den Mut aufgebracht hat, wirklich sehen zu wollen. Den filmischen Lebensnotationen, dem Spulenarchiv ist sie auch schon begegnet. Aber wo befindet sich der Ort noch zu ereignender Geschehnisse. Sie sinkt hinab, bis auf den Grund. Die Handflächen berühren den unerwartet weichen, drieselnden Sand. Der hautdünne Abzug segelt und sinkt wesentlich langsamer herab, doch wird er sie nicht mehr erreichen können, da er schon begonnen hat sich aufzulösen. Ihr Blick erfasst die Weite des Wassers, bis sie sich gespiegelt sieht in der Unterseite der Oberfläche. Sie kann das alles immer noch nicht recht einordnen, aber es fühlt sich besser an, denkt sie, während sie mit beiden Händen noch eine Weile sanft den Sand aufwirbelt. Die Verwirrung ist perfekt und kein Satz im Kaffee, welchen sie würde nachlesen können und die Zeit kippt und rinnt an den Rändern des Tisches herab. Da ist sie, die Grenze, die benannt werden will und sich in sich selbst auflöst, einen Lidschlag lang wähnt sich die Zeit auf der anderen Seite und sie springt hin und her mit ihr. Der Kaffee kippt von der Kante auch nur in eine Richtung, bis er aufgenommen, verwischt und verändert wird, zudem betrachtet und je nach Perspektive ist der Boden zu reinigen oder das Gesicht. Eine andauernde Verflechtung der Orte als Wegmarken, der Erkenntnis, dass womöglich eine Gleichzeitigkeit existiert. Denn wenn sie den Ort A hat auffinden können, die Archivierung ihrer Lebensspulen, alles bisher Geschehene, in dem sie eine Rolle gespielt hat, dann existiert auch der Ort B, der Bandnudelsalat vor dem Aufwickeln, dort, wo alles noch geschehen muss und folglich alles möglich. Derselbe Ort, an dem sie schon war, ein Nebenschauplatz, ein Nebenraum der Spulenkammer, Abstellkammer. Sie muss dies alles einmal aufschreiben und sucht sich einen Stift und verwirft das wieder, denn sie könnte sich das alles zu merken versuchen, um die Hände frei zu haben. Die schwere Fotoausrüstung ist sie auch losgeworden. Was, wenn der Stift sich verflüssigen würde, wenn sie ihn zum Verschwinden bringen könne, hacken mit Lichtgeschwindigkeit in die Gedankenmatrize.

Heute aber will sie erstmal eine der vielen kleinen Inseln besuchen, in kleinen, ihr entsprechenden Bars Kaffee trinken, sich ausruhen, Zitronenkekse essen und auch den Hund davon naschen lassen. Sie wird eine hübsche Leine kaufen, damit er ihr nicht davon tollt auf der Insel, die sie beide nicht kennen. Wie verabredet schaut er sie an, von schräg unten hinauf, sie freut sich, dass sie nichts tun muss, außer weitersehen. Ihm kann das nur recht sein, er tippelt erwartungsvoll neben ihr her, die Metallstange rastet in die Einfassung, das Boot wendet sich ab vom Ufer und sie setzt sich den Hund auf den Schoß. Grunzend wie ein kleines Ferkel, dreht er sich drei Mal um sich selbst, bis er endlich die perfekte Schlafposition gefunden hat. Eine Weile noch wärmt sie sich ihre linke Hand unter seinem Fellbauch, während sie seine Ohren mehrmals um ihre rechte Hand schlappen lässt, das seidige Ohrenfell dabei fortwährend behutsam bügelt und ihre Augen schließt.

II DIE SPIEGEL

Still sitzt sie in der engen Fensternische für zwei Personen, schiebt Reste des Blätterteiggebäckes auf dem Tisch hin und her. Topfenkrümel sind gefallen, sowie vom oberen Spiegelrand hinab die vereinzelten Blicke der Passanten durch die Fensterscheibe. Das Lautstarke tönt in ihrem Kopf, Kakophonie der Stimmen, glockenhelles Lachen. Sie rührt in ihrem Kaffee herum, schlägt die Beine über, schaut wiederum aus dem Fenster, dankbar, dass die Sonne ihr nicht direkt ins Gesicht leuchtet. Ihr schwarzer, kurzbeiniger Hund, wärmt wohlig ihr die Füße, schnarcht leise grunzend, nachdem er den letzten Topfenkrümel vom Boden geleckt hat.

Die Bedienung raucht hektisch eine Zigarette vor der Tür, ein Grüppchen älterer Damen ist im Gespräch vertieft, und sie lappt dankbar ihre Ohrensegel um Laute, Vokale, lässt sich sinken ins Gedehnte. Kein fortwährendes Klicken mehr, schaue folgenlos jetzt, denkt sie.

Es klappert dicht und stimmmurmelt. Gegenüber zischt die Espressomaschine und der Hebel der elektrischen Kaffeemühle klappt dreimal hart hintereinander, bevor die altrosa Papiertüte gekantelt, gefaltet und befüllt wird, um anschließend in ein Sackerl gegeben zu werden.

Die Menschen werden nahezu aufgegriffen, von den vorüber fahrenden Trambahnen, gegabelt, Verdrahtungen am Himmel verzweigen sich. Sie krault dem schlafenden Hund den Kopf, recht ohrennah. Gern würde sie sich jetzt von ihm an die Leine nehmen lassen, ziellos gehen, einfach folgen. Sie sieht sich zahllos gespiegelt. Verkantete Innen- und Aussichten, wo aber die Hilfsmembran, Mullbinde. Die scharfen Kanten der Quadrate, die Enden des Raumes, vielleicht Tür oder Fenster. Hier schärfelt es so ausgezeichnet. Schräg gelegte Linien der Dinge, Bahnen des bewegten Raumes mit Ein- und Ausstieg. Direkt vor ihrer Sitznische wird ein Trittbrett quietschend hervorgeschoben, trägt ächzend die Last, aufgefaltete Handfläche, dass Trittbrett zieht sich sodann diskret zurück ins Gehäus.

Nachdem sie mit ihrem Hund vor geraumer Zeit vom Inselausflug zurückkehrte, hat sie eilig die Koffer gepackt, während sich der Ort zu verabschieden begann. Geflutete Wege und Plätze. Versinken der Häuser und Läden. Von oben betrachtet, konnte sie es sich schon nicht mehr vorstellen, schloss die Augen.

Hier nun, an diesem Ort, nurmehr Steinernes, wenig Weites, der Vogel beringt und vergürtelt, zu Boden gedrückter Stadtvogel, barockverkleckert, pickt Schaumrollen.

Mit klarem Blick beginnt sie die Projektion zu bespiegeln, die dieser Ort ausschickt. Sie stellt sich zur Verfügung. Es wird niemals still sein, immer diesen einen Grundton geben, den Grundton der jeweiligen Orte, den diese Orte aussenden, sie umhüllen. Zwischen den gelegten Schritten vor ihrem Fenster, den Motorengeräuschen, dem Ausbremsen der Vorübereilenden, fällt ihr das Surren des Projektors ins Ohr, noch bevor sie den Raum betreten hat. Inzwischen hat der Hund sich beruhigt, nach einem kurzen Bellanfall und liegt auf dem rot gepolsterten Sitz ihr gegenüber, liest die Bewegungen auf, die Dinge und Menschen hinterlassen.

Das Surren des Projektors: Summt dieser ihr bereits das gesuchte Stattgfundene vor oder dieser Ort eine Hülle, die lediglich den Projektor und das zu Projjizierende birgt und aussendet. Wendet sie alsdann den Rücken, dieser dann nur mehr Projektionsfläche für Abspulungen, die sie nicht sehen kann,

nur erfahren. Zunächst aber das Surren des Projektors, das Treten in den Raum, das Besehen der eigenen Lebensspur, ein Ausschnitt davon, was jetzt wohl für eine Abfolge und existiert das überhaupt, eine unentwegte Fragerei in ihrem Kopf. Ungestellte Fragen spulen sich andauernd ab. Was wäre nun, wenn die Antworten einfach aus dem Nichts stürzten.
Wo ist der Raum, wo alles noch geschehen muss, Zimmerchentheorie! Und was, wenn sich alles verschränkte, wenn da keine Komfortzonen. Es verhält sich wie mit den Verdrahtungen am Himmel, über den Bahnen, sie sind vorhanden und sagen dir nichts, sie verlaufen eben.
Was ist möglicherweise verloren gegangen, bei der sich selbst auslösenden Projektion. Das heißt, der Film der früheren Lebenssequenz, der sich abgespielt, abgespult hat und projiziert wurde, von einem Apparat. –
Nun handelt es sich ja um eine vereinfachende Darstellung, es wird nicht summiert, sondern projiziert, bedeutet Vereinfachung, es wird etwas fallen gelassen, aber wohin. Weggenommen, verändert, mögliche Erscheinung. Vom Menschending zu flächigem Handhasentier geworden, dimensionale Auslegungen. Schriftzeichenverflüssigung, dann die Verdampfung, verweht und verschnuppert, obwohl sie doch eigentlich genug hatte von diesen Apparaten. Ein Graskasten vielleicht. Der birgt dann alles, auch die Schriftrollen.
Der Kaffeeduft steigt ihr in die Nase und es reichen Handzeichen aus, um einen frischen zu bekommen. Nachdem sie ein paar Schlucke des Kaffees zu sich genommen hat, schließt sie die Augen, vernimmt lediglich die Geräusche und Stimmen.
Die Bilder bestehen augenblicklich aus beweglichen Fadenstäbchen, flirrend, die Leinwand dunkel, Blitze, ein Funkeln von Gebilden, Gefackel, ein versinkendes Eigenleben. Umtänzeln, umwurmen sie, sind schneller und wie nie dort gewesen. Dennoch hat sie das Gefühl zum ersten Mal zu sehen. Dies alles geht viel zu schnell, gefärbeltes Schwarz. Gelegtes schwarzes

Tuch auf Wasseroberfläche, gesunken, im Sinken ein Auflösen, kein Bedecken mehr. Das schwarze Tuch in der Stille, in der Erinnerung verfärbt sich Vieles. Das Tuch, der Abzug, wasserplanengroß, gelegt auf zähes Schwarz des Wassers, gesunken das Abbild, aufgelöst auch dies. Sie hat es kommen sehen, am Grund des Bodens, im Wasser, hat sie dasselbe Abbild auf sich zukommen lassen, bereit umhüllt zu werden, doch es löste sich bereits vorher auf.

Kein Abbild, kein schwarzes Tuch, sprachloses Wasser.

Kein Abbild, kein Sinken und keine Auflösung der Rätsel.

So schnell geht das alles nicht mit dem gefärbelten Schwarz vor ihren Augen, sie ringt nach Luft, ihr ist heiß, am liebsten flaches Land jetzt, einfache gerade Linien. Keine Verwehungen, Liniengewirr und Schrägstriche.

Der Hund reckt sich zitternd, hasenwärts gebogen und gedehnt, gefolgt von einem Zusammenschnurren, dabei niesend und schnaufend. Seine Ohren ragen himmelwärts, erwartungsvoll und eine Spur ungeduldig. Schließlich hat er ausgeschlafen, nun wird es ja wohl weitergehen und Wurstfetzen fallen können.

Die Bedienung hat in der Zwischenzeit schon gewechselt, der Wochenschlager ist bereits ausverkauft, Kaffee aber wird immer verlangt. In das scheppernde Schaben der grob gezerrten Plastikstühle hinein, bestellt sie sich das zweite Achtel und bittet ihn um Geduld, nur bis die Lichter angehen, so dass sie die Straßenlaternen sehen kann, die Neonlichter sich versternen. Er möge bitte noch etwas warten, bald würden sie gehen und bettet ihn sanft auf ihren Schoß, dass lässt er sich gefallen.

Sie sackt zurück ins Schweigen und denkt darüber nach, wieso das Offensichtliche nicht befragt wird, warum das Unsichtbare ins Schweigen befördert wird. Ein gefährlicher Gang über Wasser ohne Balken, wie Anrennen gegen Steinwände. Kein Sprechen über Wege, die über Grenzen hinaus gelangen. Alle Sprechenden, die das Unsagbare wagten, sind in Räume gelangt,

nach denen sie nicht verlangten. Verliese, gummigepolstert später.
Dem Hund muss sie gottlob nichts erklären. Wir Menschen tummeln uns schon ewig in den Taschen des Raumes, toben herum wie wild und ab und zu kugeln ein paar Lichtbringer heraus und als hätten sie sich abgesprochen, haben sie alle an derselben Verdrahtung gesponnen, bis die Vorstellung davon endlich endet. Sie denkt wieder an die Leinwand. Blitzartig verstaut sie die Objektive, zahlt und leint den Hund an. Vor der Eingangstür wieder dieses geschnittene Aderngeflecht, unverbunden, nahtlos die Narben, im Wind flattern Gefäßverlegungen, der Kronenstrauß.
Der Hund schüttelt sich das Pfützenwasser von der Vorderpfote. Wenn sie die Linie doch biegen könnte, krümmen oder sich selbst biegen, wie zu Beginn der Reise, wölben und den Schub umarmen. Sie weiß mittlerweile, dass sie den Raum der noch zu geschehenden Ereignisse nicht aufzufinden braucht, dass weiß sie nun. Es ist überflüssig geworden. Der Hund verlangt nun dringlicher nach seiner Jause, tippelt schnell, kennt den Weg gut, den Weg zu der riesigen Wohnung, die viel zu groß ist für sie beide. Ein eigenes Zimmer für ihn und seinen Weidenkorb, der vor sich hin knarzt, auch ohne ihn. Er liegt lieber auf dem kleinen Teppich vor ihrem Bett. Er hört die Stimmen aus den anderen Zimmern immer sobald sie eingeschlafen ist. Dann aber ruckartig aufwacht, ins Dunkel starrt, immer rechtzeitig ihren Blick auffangen kann, sie stupsen mit seiner warmen, feuchtkühlen Hundeschnauze. Sie verjagen sie beide, manchmal klappt das. Manches Mal sind sie hartnäckig und lassen sich am Fußende nieder und glotzen penetrant, kippen dann kollernd nach hinten fort, hinterlassen ein Gickern. Dunkel sei es hier, so die Vormieterin, ein dunkles Haus, aber von schräg einfallenden Sonnenstrahlen hat sie auch gesprochen. Die sich durch das geschliffene, verzierte Treppenhausfenster brechen würden und den Aufgang in wundervolles Licht

tauchen. Ob sie denn gerade schiene, die Sonne, hat die Vermieterin gefragt am Telefon. Die junge Fotografin hat dies sofort bejahen können und auf der Stelle beschlossen, die leer stehende Wohnung, bis zum Umbau zu mieten. Näher als durch ein Objektiv konnte sie den Dingen nicht kommen und das Treppenhaus auf dem Weg nach oben Stück für Stück fotografiert. Standbilder, jeden ihrer Schritte schon vorab eingefroren und das darauf Geschriebene eingelesen.
Der Hund träumt von Haus, Garten und Agaven und Erdverscharrungen, die es hier nicht gibt, nur Asphalt, Stein und Einschreibungen.

Sie sitzt in der Küche, sortiert und nummeriert am dunklen, runden Holztisch die Filme. Satt atmet der Hund aus, nachdem er alle Frankfurter Würstchen verdrückt hat, den Wassernapf leer geschlappt und zufrieden aus der Küche getippelt ist. Indessen breitet sich aufbruchsbereite Unruhe in ihr aus. Morgen aber wird die junge Fotografin erst einmal eine Leinwand kaufen, die Dias projizieren und weitersehen.

III DIE ZEITEN

Der Hund ist krank geworden. Während der Zugfahrt noch verschlimmert sich seine Pfote. Er hat sich verletzt, ist in eine Scherbe getreten. Sie würde ihm gerne einen sofortigen Wundverschluss zaubern können, Pfotenlegung. Wenn die kleinen Tatzen so übereinander liegen, sanft und still ist das. Aber so weit ist es noch nicht, tun was getan werden muss. Spricht beruhigend auf ihn ein, während sie ihm mit einem raschen Ruck die Scherbe aus seiner Pfote zieht, woraufhin er hell aufjault. Die vereinzelten Menschen hier im Vorortzug lesen Zeitung und kümmern sich, bis auf einen flüchtigen Blick nicht weiter um sie beide. Weder scheint es sie zu stören, noch ist Hilfe zu erwarten. Sie sind vertieft in Tageszeitungen, mit den aktuellen Schlagzeilen über den kürzlich stattgefundenen Machtwechsel. Es wird noch mehr Übergriffe geben, denkt sie, und erinnert sich an das Buch am Bahnhofskiosk, welches bereits vor den Schlagzeilen dort gelegen ist, nur hat keiner darauf geachtet. Ihr Hündchen ist eingeschlafen inzwischen, hat sich auf ihrem Schoß eingeringelt. Auch sie bereitet sich vor auf die Ankunft im hektischen Hauptbahnhof, schließt die Augen, bevor die Menschenmassen und die überfüllten Untergrundbahnen sie überfluten. Doch die zockelnde Bahnfahrtgemächlichkeit endet abrupt, jäh kommt der Zug zum Stehen. Als würde etwas zu Boden gerissen. Der Hund ist aufgesprungen, bellt wie verrückt, vor Schreck und Pfotenschmerz zugleich.

Das der Bergort ja bekannt sei, so eine Art Zuflucht, Künstlerparadies, nicht wahr, für überflüssig Formloses und Schmierfinken, usw. Abteiltüren werden heftiger geworfen als nötig, von Männern in groben Tarnanzügen. Schau mal an. Na, aus dem soll doch sicher noch was werden, nicht? Der ist doch noch nicht fertig, der wird doch noch größer, oder? So schnell – einer der Männer hatte sich aus der Horde gelöst und ihr ihren Hund weggerissen, grob gepackt, diesen kleinen verängstigten Ballen Schwarzfell – so schnell kann sie unmöglich sein, da ist es auch schon geschehen. Er hat ihren Hund aus dem geöffneten Abteilfenster geworfen, das ungläubige Jaulen verebbt. Stark, flink und mit einem Satz nutzt sie den schmalen Spalt zwischen zwei Herumstehenden und flieht hinaus auf den Gang, reißt die Waggontür auf und stürzt stolpernd auf die Nebengleise, steht im nächsten Moment schon wieder, ohne zu wissen, wer ihr aufgeholfen hat, da ist doch niemand. Nur ein paar Schritte noch und sie ist bei ihm, klaubt ihren Hund vom Boden auf, um ihn rasch in ihre Armrundung einnesten zu können. Keinen Ton gibt er von sich, nur ein flaches, zartes Wehen feuchtwarmer Nasenluft an ihrer linken Hand.

Bemerken können hat sie es nicht, wie und wann ihre Beine nachgegeben haben, einfach gesackt sind, sich eingefaltet, zu Boden gesunken sind. Obwohl sie laufen sollte, rennen, aber sie kann nicht, sie muss sitzen bleiben, erst einmal muss sie sitzen bleiben. Verängstigt ist er doch, der Hund.

Sie hat keine Ahnung wie lange sie so unbeweglich gesessen ist, am Boden, in nächster Nähe des staubigen Bahndammes, der wartende Zug, still und geduldig. Er wirkt immer noch stark verstört, betäubt und atmet flach. Keinen Zentimeter dürfte sie sich jetzt bewegen, er kennt den Unterschied nicht mehr zwischen Knurren und Winseln. Nahezu kaum Zeit scheint vergangen. Beim geräuschvollen Öffnen einer Waggontür richten sich seine Fledermausohren dennoch augenblicklich auf, beide halten sie den Atem an.

Ich hätte die Pumps ausziehen sollen, denkt Gracia Maria Giordano bevor sie, leicht genervt, die Böschung hinabsteigt und schiebt, schließlich richtig schlecht gelaunt, ihren linken Absatz in die Manteltasche ihres Trenchcoats. Aber wer bitte denkt denn an so etwas, ein paar Wanderschuhe mit sich zu führen, für den Fall, dass man auf offener Strecke Böschungen hinab zu steigen gezwungen ist.
Gracia Maria Giordano hat die beiden vom Abteilfenster aus, die gesamte Zeit über beobachtet. Seit einer halben Stunde haben sie sich nicht gerührt, bewegungslos gesessen, die junge Frau und der Hund. Gracia Maria fährt sich mit der Hand durch ihr halblanges schwarzlockiges Haar, streift den Rock glatt und humpelt entschlossen zu den beiden. Sogleich würden sie weiterfahren, dann säßen sie hier fest, wenn sie nicht sofort aufstehen und mitkommen würde, der Zugführer wartet nicht mehr länger, keine einzige Minute länger, also wenn sie dann bitten dürfte. Und außerdem, hier in der Pampa, auf dem Land, inmitten der Holzkohlefeuer den Abend verbringen, was für eine Aussicht das sein solle. Außerdem habe sie einen wichtigen Termin in der Stadt, ob sie nun so gut sein möge und aufstehen, es sei alles vorbei. Schätzchen! Es ist alles vorbei, schau, das kommt doch inzwischen alle naselang vor, ob sie das noch nie erlebt habe, daran würde sie sich wohl nun gewöhnen müssen. Wenn es dabei bliebe, so glimpflich, damit wäre doch zu leben oder etwa nicht? Sie würde überhaupt nicht verstehen warum sie so herumflenne. Ist doch nichts passiert, er lebt doch noch, oder!
Am liebsten hätte sie dieser zugegebenermaßen attraktiven, äußerst unverschämten Frau mit diesem schwungvollen Namen eine Ohrfeige verpasst. Aber sie ist unfähig sich zu bewegen, will dem Hund weitere Aufregung ersparen. Auf die Nachfrage, wo sie denn in der Stadt, sie würde doch in der Stadt leben, oder?

Kurzes knappes Pfeifen der Lok, das schwere Anrucken des Zuges. Prima! Großartig, ereifert sich Signora Giordano kurz darauf, Hündchen am Spieß an Holzkohlefeuer mit Brot, so habe sie sich das vorgestellt!
Ganz wund ist sie vom Schreien, ihre Kehle ganz wund. Dermaßen was von anschreien habe sie die Giordano müssen und den Hund an ihren Busen gedrückt, dabei die Schnauze sanft zugehalten, damit er keinen Ton von sich geben kann oder sie beißen und alles nur noch schlimmer.
Mein Gott, ist ja gut, ist ja gut, ich wollte Dich ein bisschen aufmuntern, Mädchen, ist wohl nicht Dein Humor, ja doch, ich habe es ja begriffen, also was jetzt. Hübsch wäre ja, wenn Du aufstehen würdest, komm gib mir den Hund solange. Ok, ok, jajaja! Also los, nun mach nicht so ein Theater, ich stütze Dich ein wenig, ja, darf ich Dich hier am rechten Arm anfassen, ich helfe Dir hoch. Lass es uns mal probieren, ich verspreche Dir, den Hund nicht einmal anzusehen, aber wir können doch hier nicht übernachten.
Dieser Geruch von Holzkohlenfeuer und feuchtem Laub, beißendem Rauch, jener beruhigende, beißende Rauch, der die Augen auswäscht. Die junge Fotografin hält abwechselnd die Spießchen mit Kartoffeln und die der Würstchen ins Feuer. Inzwischen sitzt sie schon wieder, diesmal auf einem Schemel, die Hände frei, liegen lockerer auf ihren Oberschenkeln, aber sie starrt immer noch, sie starrt ins Feuer, nimmt wortlos das Glas Rotwein, dass ihr Gracia Maria Giordano reicht, entgegen. Zu ihren Füßen der Hund in Decken gewickelt, schläft. Die hilfsbereite Bauersfrau hat sich ins Haus zurückgezogen. Der kräftige Rotwein wärmt zuerst ihre Kehle, legt sich dann schwer auf ihre Augenlider. In konzentrischen Kreisen weicht der Wein, den sie in großen kräftigen Schlucken zu sich nimmt, ihr Selbst langsam auf. Frau Giordano hilft ihr dabei, sich warm und weich zu fühlen, beim Auflösen. Im unweit befindlichen Gehöft haben sie Unterkunft erhalten können, ein einfaches

Gästezimmer, in das sie sich zurückgezogen haben. Die junge Frau hat ihre Kleidung einfach fallen lassen, der Geruch des Holzkohlefeuers auf ihrer Haut, nurmehr ihre Unterwäsche anbehalten und ist sofort unter das klamme Betttuch dieses einfachen, aber sauberen, großen Bauernbettes geglitten. Sie hatte nicht die Kraft, das seitlich und am Fußende fest vertäute Tuch wie sonst immer ruppig herauszuzerren und die schwere Wolldecke verbleibt an ihrem Platz am Fußende. Entkräftet, schwer und matt will sie gesogen werden vom Tuch, vom Weiß verbinden lassen und verschwinden. Im Schein des Feuers war er schon eingeschlafen, nun liegt er neben ihr am Boden, in einem Hundenest aus Pferdedecken.

Die Schuhe sind hin, denkt Gracia Maria, da ist nichts mehr zu machen. Bügel gibt es hier natürlich auch keine, das kann ich vergessen, bestimmt rutscht der Tweedrock, mein Blazer, der Trenchcoat, sicherlich rutscht das alles in der Nacht von der Stuhllehne zu Boden – damit der Hund sich sanft einnisten kann, fort von den Pferdedecken. Genau so wird das sein, ja, das ahnt sie schon. Er hat zwar ein kurzes Fell, aber riechen wird es. Den Auftrag kann ich vergessen. Mein Netzkabel für das Handy ist in der kleinen Reisetasche im Zug verblieben. So eine Chance bekomme ich nicht noch einmal vor die Füße gelegt, sinniert sie, während sie leise unter das Klemmtuch rutscht, um sich auf ihren rechten Unterarm zu abzustützen, müde ist sie nicht. Sie wärmt sich die Finger ihrer linken Hand zwischen ihren Beinen, bevor sie wieder auftauchen, sanft zur Landung ansetzen im Bereich des unteren Rückens, schient die Wirbelsäule mit Mittel- und Zeigefinger, vom Becken ausgehen über die Lendenwirbelsäule, zwischen den Schulterblättern entlang bis zum Schädelrand.

Dieser Rücken, dieser ihr zugewandte Rücken, so hat sie leichtes Spiel. Ob diese Signora Giordano schon bemerkt hat, das ich noch gar nicht schlafe, wobei sie sich sehr bemüht um einen regelmäßigen Atem, nicht zu flach, dann würde sie gleich

schnaufen müssen, nur nicht schnaufen und pendelt so zwischen Aufbegehren und Ergebenheit.
Währenddessen schiebt sich der Handrücken wieder abwärts, um in einem sanften Halbkreis am Unterbauch aufzusetzen, unterdessen die junge Fotografin beginnt sich aufzulösen.
Na, Schätzchen, tönt es kurze Zeit später, wie wär's mit Luftholen, ich brauch Dich noch. Gefällt Dir doch, oder? Erzähl mir nicht, dass es Dir nicht gefällt. Übrigens sage ich Dir immer wo es langgeht, dass das klar ist, wenn das hier was werden soll, denn wisse eins, es gibt keine Widerrede, das mag ich nicht, weiß Du. Schau mal, ich zeig Dir was und streift das Betttuch hinunter bis an die Knöchel, längliche Striemen seitlich am Oberschenkel. Striemen der Gegenrede, weißt Du, die Rede an meinen Vater verpufft, die Striemen habe ich umsonst. Also bitte, dass das klar ist, nun schau nicht so entsetzt, ich will Dich nicht hauen, mein Gott, aber ein bisschen laut werden dürfen, Klartext reden. Ich lasse mir nichts bieten, dass Du es weißt, das Aufgebot kann man vergessen bei mir, da braucht man nicht mal dran zu denken. Wenn du versuchen solltest mir etwas Gutes zu tun, so sagt man doch, nicht, vergiss es, wenn ich eine Freude haben will, dann lass ich Dich das wissen und greife zu, den kleinen Gefallen wirst Du mir wohl erweisen oder, was? Hast du was gesagt, ach, ist ja auch egal, wird schon nicht so wichtig gewesen sein. Du bist hübsch, weißt das auch, mach Dir keine Sorgen um die Typen im Zug, die sind harmlos sag ich Dir, na ja vielleicht auch nicht, aber es gibt noch ganz andere Vorfälle, weißt du. Aber jetzt zu uns beiden Hübschen. Etwas muss ich noch klarstellen, so Gracia Maria Giordano, sollten wir nun wirklich einmal in der Stadt angekommen sein, nicht dass Du dauernd anläutest bei mir, Dich verabreden willst oder Unterschlupf suchen, wenn irgendein Mannsbild mal wieder *Buh* rufen sollte. Mein Rock ist zu eng zum Zuflucht suchen, bilde Dir nix ein auf das eben hier. Das hat nichts zu bedeuten. Eigentlich sind mir die Kerle sowieso lieber, machen weniger

Scherereien, klare Sache und komm mir nicht mit Liebe, was soll das denn sein, das gibt es doch nur in Büchern und Filmen. Davon halte ich nichts. Herrgott dieser Termin! Wenn Du wüsstest wie wichtig der für mich war, dieser geplatzte Termin, das ist mir noch nie passiert. Komm tröste mich ein bisschen, ja? Du hast so schöne seidige, weiche Haut und an Deinem flachen Bauch kann ich mich wenigstens nicht lange aufhalten. Ach komm schon, sei nicht so, bin ich nicht Deine Retterin, was hättet ihr gemacht ohne mich am Bahndamm. Wer hat sich da um Quartier gekümmert, den Hund gefüttert, usw. hmm? Genau, ich! Ich bin Deine Retterin. Obwohl. Ist mir ja nicht unlieb die Situation, so ein bisschen eine Ablenkung vom Umtriebigen, den Terminen, weißt Du. Das war doch wirklich wie in einem Actionfilm vorhin, findest Du nicht, eigentlich todkomisch. Hehehe, schau nicht so empört, ich weiß Du hängst an diesem Köter, aber wie er das gesaust ist in der Luft, das war schon drollig. Himmelherrgottnochmal! Ich habe Dir doch gesagt Du sollst mich nicht so anschreien, komm, sei wieder lieb, ja. Lass uns noch ein wenig kuscheln, mir ist kalt und der Köter hat es sich in meinen Sachen gemütlich gemacht, da darf ich gar nicht dran denken, wie lang es dauert nachher, alles zu richten, nun komm schon.

Die junge Fotografin zieht sich die Wolldecke vom Fußende bis weit über die Schultern hinauf, sie könne und wolle weder reden, zuhören, noch sonst irgendetwas geschehen oder sein lassen. Sie wolle nur ihre Ruhe haben mit ihr. Das dies nicht gehen würde, entgegnet die andere verstimmt, dass sie bald aufstehen müssten, es dämmere ja bereits und die Bauern würden sie zur nächstgelegenen Bahnstation fahren, damit sie den ersten Zug in die Stadt erreichen könnten. Der Hund ist inzwischen aufgewacht, leckt sich die Pfote und liegt halbschräg auf dem Rücken, wird gleich seine Vorder- und Hinterläufe zitternd zu strecken beginnen und etwas grunzen und wenn er das tut, dann geht es ihm eindeutig besser. Sie zieht sich rasch an, faltet

die Pferdedecke und legt sie neben den Hund an den Boden, obwohl es so kühl ist im Raum, laubdurchtränkt die Morgenluft und feucht. Ihre Zähne beginnen zu klappern, erst leise klackend, sodann die Luft zerhackend. Hebt sich den Hund auf den Schoß und streicht sie glatt, seine Fledermausohren, die er aufstellt und den sanften Handwellenbewegungen nachlauscht.
Wortlos kehrt Gracia Maria von dem im Hof gelegenen Plumpsklo zurück, kleidet sich an, nachdem sie zuvor recht ungehalten ihre Kleider ordentlich ausgeschüttelt hat, würdigt den Hund keines Blickes, fragt jedoch kurz angebunden in den Türrahmen hinein, ob sie denn auch mitkäme in die Küche, dort stünde für sie ein Becher Kaffee bereit, wartet die Antwort jedoch nicht ab, wendet sich um.
Im Lieferwagen wird kein Wort gesprochen, sie hält ihren Hund fest an die Brust gepresst, damit er nicht so durchgeschüttelt wird, schaut aus dem Fenster und will endlich ankommen, am liebsten wieder hinauf, zurück in den Bergort, in dem sie gestern Unterkunft gefunden haben.
Wo sie denn in der Stadt wohnen werde, ob sie das schon wisse, ob sie sie einladen dürfe bei ihr zu wohnen für ein paar Nächte, damit sie sich sortieren könne und sie verständen sich doch recht gut, was sie davon halten würde. Na ja, ein Blick sagt mehr als tausend Worte, also gut, sie hätte noch eine Ferienwohnung ganz in der Nähe der Hauptpost, sie würde gleich mit dem Portier sprechen nach ihrer Ankunft. Die Wohnung für zwei, drei Nächte reservieren, ob ihr das recht sei. Ach, und eigentlich könne sie auch gleich noch ein paar Nächte dranhängen und dem Hund würde das doch auch gut tun, hmm? Nein, wie sie darauf kommen würde, sie hätte doch nichts gegen den Hund – eigentlich. Und nein, sie würde sie doch nicht bevormunden wollen, das sei ihr viel zu anstrengend, aber so ein paar harmlose und vor allem gute und wichtige Tips, also. Jadoch, jaja, sie höre schon auf damit. Es würde ihr eine Freude

sein, presst sie dann noch etwas zu leise heraus und sie könne dann auch mal auf ein Glas vorbeischauen, nicht, am Abend dann, könne ihr etwas mitbringen, wenn sie etwas brauche, was macht sie eigentlich in der Stadt, was habe sie denn so vor?
Unbedingte Besorgungen, meint die Fotografin, ein Dia-Karussell kaufen, für ihre Fotografien aus der Spiegelstadt, eine Leinwand, Bücher, Schreibgeräte, Notizhefte und ein Sitzkissen.
Aha! Erstaunt lässt sich Gracia Maria Giordano zurücksinken in den Sitz des Bahnabteils, in dem sie sich inzwischen befinden, amüsiert und nicht wenig erstaunt. Interessant sei das, schaut aus dem Fenster, bemerkt die vernetzten Verdrahtungen am Himmel, die die nahende Stadt erahnen lassen. Sie wäre die Chefin eines Fotoarchivs, von welcher Spiegelstadt denn hier die Rede sei und ob sie die Dias einmal sehen könne.
Ja gerne, die junge Fotografin kichert, jetzt würde sie etwas in der Hand haben, richtige Fotografien zum Anfassen.
Ja was denn sonst! Willst Du mich auf den Arm nehmen, versteh ich nicht. Entweder Dias oder Papierbilder oder Ausdrucke, aber selbstverständlich zum Anfassen. Irgendwann würde man die aufgenommenen Fotos ja wohl dinglich in der Hand halten oder eben Diashow oder was auch immer. Sie würde sie ganz wuschig machen mit diesem undinglichen Quatsch. Sie tut ja gerade so, als ob Apparate völlig überflüssig wären für die Aufnahmen, also bitte, so ein Blödsinn, wir sind doch nicht in einem Science-Fiction-Streifen.
Die junge Fotografin ist sehr still, bevor sie ihr antwortet. Sie wisse gar nicht, ob sie wolle, dass es dafür eine Verwendung geben würde, so ein handfestes Einsortieren oder Fortgeben, usw.
Das eben Gesagte würde sie auch in hundert Jahren nicht verstehen, sie wolle sie ja nur mal anschauen dürfen, eine Berufskrankheit diese Bilderneugier, das würde sie doch einsehen, so Gracia Maria Giordano.

Sie träume, so die junge Fotografin, versunken in ihre Ausführungen, einige Exponate auf den Fluss projizieren zu können. Die Entstehung der ersten undinglichen Bilder hätten auch mit Wasser zu tun gehabt, viel Wasser und in der Spiegelstadt dann die Verdrahtungen, von denen es hier ja auch viele gebe wie sie sehe und weist mit der rechten Hand zum Fenster. Nun ja, und hier wolle sie die Bilder projizieren, zunächst auf die Leinwand, dann auf den Fluss, die Fotos aus der Spiegelstadt auf Wasser projizieren, damit sie wieder schwebend sinken können.

IV KLARA, EIN NACHTRAG

Sie hat nur das Eingehüllte sehen können, das schwere Feuchte nur erahnen, aber sehen können hat sie nur das Weiß. Weder dicht noch durchsichtig, wie Chemiebaukastenschwaden, wie Zauberei. Ummantelt nur der Ort, wie abgeschnitten, mit einigen Ausfransungen. So ist sie da gelegen, die verzierte Torte, während sie mit wenigen Schwimmstößen durch den Raum, luftleicht, nach unten gepfeilt dann dieser Blick. Es ist eine Gestaltung, eine Augenblicksangelegenheit, diese Schwaden.

Nein, nein, das ist so nicht richtig, keine Watteumhüllungen, so kann das nicht gesagt werden, denn es handelt sich eindeutig nicht um Watte, das ist aus anderem Gewebe, also reden Sie mir nicht von Watte bitte. Watteau, dass ich nicht lache, diese Wortspielereien, dennoch gäbe es so Scheußlichkeiten in Innenräumen, nicht wahr, Uhrbehausungen. Armer Watteau!

Die Handflächen aneinander gelegt, die Arme weit über den Kopf gestreckt, so nimmt sie einen kurzen knappen Anlauf, um hinab zu tauchen, das Weiß zu teilen, welches auch vormals nie existiert hatte. Die Luft schwerer noch und dichter. Nebel, sagt er, Nebel nennt man das, wenn die Hand vor Augen und so fort, so der freundliche ältere Herr in dem grauen Kittel aus dem Off.

Ach, so lassen Sie mich doch, wenn Sie so wollen, dann ist hier eben ein Nebel. Und ich, ich gehe da jetzt hinein und sie zieht sich entschlossen voran, kichert in ihren Mantelaufschlag hinein, während das *Warten Sie, so warten Sie doch* stufenweise verhallt. Diese schwere Feuchte, kühler jetzt und das Modrige, nur das tiefe Einatmen, benetzen der Nasenschleimhäute, der Duft von Schlick präsent. Wie abgeteilte Wasserfurche, welche zu durchmessen, während lediglich Wolken am Himmel. Der Boden gibt nach. Das seitliche Holzwasser kantet, auch dann noch, als sie schon im Bett gelegen ist, bevor es sich sanft einschwingt, ihr Bettboot. In der Nacht dreht sich in ihr die kleine Übelkeit, zwickt sie mit einem Mal hinaus. Die Wasser jedoch beruhigen sich wieder, es hat zu regnen begonnen.

Am nächsten Morgen nimmt Klara ein jadegrünes Tintenwasserbad, einige Züge nur und derart erfrischt, macht sie sich auf den Heimweg, prüft die kleinen Artischocken am nahe gelegenen Obststand, in der Nähe ihres Hauses.

Nach dem Morgenkaffee macht sich die alte Dame auf den Weg, nicht ohne den zarten Hals unterhalb der Ohrläppchen mit Parfüm benetzt zu haben. Darüber legt sie behutsam das weiche Wolldreieck, ein feines Stückchen Gewebe, welches wärmt und den Duft speichert. Der Weg führt sie nun durch feine Nebelfetzen, spült sie entlang der schmalen Gassen. Gelassen und sicher eilt sie längs des Verputzes und des Duftes der Bäckerei, auf dem Weg zur Anlegestelle. Das Boot wartet nicht und dabei möchte sie doch noch so gerne etwas auf dem Ponton taumeln. Wie ein Stück Holz, welches nun einmal im Wasser schwebt und steigt und fällt und sie wie der Vogel, der schaut und sich putzt, wenn er beobachtet wird. Aber sie lässt sich nicht beobachten, das ist ihre Aufgabe.

Die junge Fotografin ist steinalt geworden. Bilder nimmt sie immer noch mit, beweglich und aus dem Stand heraus. Bilder, die sie einfängt, in einen herkömmlichen Apparat hinein, wenn diese auch ihr Aussehen geändert haben.

Das ist ganz einfach. Aufnehmen, anschauen, speichern, fertig. Da ist kein Augen-Blick und nichts was kommt und was

gegangen. Das geschieht ja alles momentan, mit oder ohne Apparate, das ist dem sich putzenden Vogel recht einerlei.
Sie liebt das Taumeln, das einschätzbare, wie das unvorhergesehene Wogen.
Plötzlich sieht sie sich sitzen in dem Boot, welches vorüber fährt, längst weiß sie, das dies eben so ist. Hier ist das so. Das ist ja kein Wunder. Sie kichert leise vor sich hin, rückt ihre Sonnenbrille zurecht und den Mantelkragen höher, umfasst ihren quer über den Leib gelegten Taschengurt und wartet wie alle anderen auf das nächste Eintreffen der Nummer 13.
Viele sind es nicht an diesem Morgen, einige begrüßt sie still nickend, sie mag heute Morgen sicher nicht reden.
Sie will in die weiten Wasser.

Die alte Dame hebt ihre leichten Vogelknochen aus dem Bett, denn schwingen würde sie dazu nicht sagen wollen, wenngleich sie für ihr Alter sehr beweglich ist. In der Küche, kurz vor dem Einschalten des Lichts, rücken die Dinge sich zurecht, wischen sich Stäubchen von Schultern, auch gegenseitig, sie sind sehr freundlich untereinander, flüstern sich etwas zu und halten die Luft an. Das Ausatmen geht unter im Licht anknipsen. Die Kakophonie der hilfsbereiten Stimmchen später wieder. Sie lässt das Wasser etwas ablaufen, nimmt unterdessen eine Tasse von der Ablage oberhalb der Spüle, wo das Geschirr zum Abtropfen abgelegt wird. Sie hat sich das extra anbringen lassen, es ist praktisch und erinnert sie immer. Zündet das Gas mit einem Streichholz an, stellt die bereitete Kaffeekanne darauf, stellt einen kleinen Teller mit Aprikosen- und Sandkeksen auf das Rosenholztablett und wartet. Widmet sich den Resten von Traumstreifen, die mit einem Graskasten zu tun haben. Die Stimme murmelt wieder: *… nun ist es ja immer so gewesen, der Regen, wie er falle, immer so entlang des Graskastens, auch in diesen hinein und die Samen, es wachsen Blumen anderer Art, solche Sommerzeichen, wilder Wuchs. Du reibst dir deine Augen, drehst den*

Kasten, suchst die Ausrichtung. Rauschen, auch Lauschen, Zeichen- Wort- und Wiederwortkasten, Buchstabensuppe, Urort oder Feld …
Die Stimme verebbt im Küchendunkel, Klara trägt ihren Kaffee ins Zimmer, um sich ans Fenster zu setzen, in den mauvefarbenen Gräfinnensessel.
Heute wird sie Lichter anzünden gehen, beschließt sie, Stifte kaufen, um alte Aufnahmen zu beschriften und ihren tropfnassen Hasenmantel nochmals aufzuschütteln. Diesen habe sie versehentlich am Morgen getragen, erklärt sie ihm am Telefon, ja, doch, doch, den Hasenmantel. Selbstverständlich habe dieser sehr durstig die morgendliche Feuchte aufgesogen und ihr bleischwer auf den Schultern. Nun müsse sie ihn immer aufschütttteln von Zeit zu Zeit, da er sonst Witterung aufnehme, nach nassem Hund riechen würde. Hundemantel, das gefiele ihr überhaupt nicht, das wäre fürchterlich.

Einige Zeit später sitzt sie an ihrem Holztisch, der auch als Esstisch dient, und sortiert aus knisternden Papiertüten die Fotos heraus, um sie nach dem sichten wieder hinein zu geben, frisch beschriftet. Sie hatte immer beides, ein Chaos und eine Ordnung. Im Laufe der Jahre ist es auch in ihrem Innern zu wohlbehaltenen Beschriftungen gekommen, die äußere Ordnung ihr immer eine besondere Hilfe gewesen, bis in gewissen Bereichen ihres Lebens ein Kippen stattgefunden. Dann nurmehr Häufchen, ohne Beschriftung, ungestapelt, planlos.
Es gab eine Zeit, ein Ereignis, so jung ist sie gewesen, als es ihr aufging, als sie gewahr wurde, was es auf sich hat mit den Dingen, dem Unbestimmten. Sehr lang hat es gedauert, bis sie sich den dinglichen Apparaten wieder hat widmen können, die Momente regulär bannen, ganz so, als hätte es niemals Einsichten gegeben. Das Hündchen ihr dabei eine Hilfe gewesen. Wieder eines, das wäre schön und schaut zu Boden, entlang ihrer schmalen Fesseln, schwarze gemusterte Strümpfe trägt sie heute, schmale flache Pumps, daneben könnte wieder ein

Hündchen liegen oder auf dem Schuh. Sie wird sich das überlegen und schraubt die Kappe auf den wasserfesten Stift und beendet fürs Erste die Beschriftung der Fotografien.
Sandfarben und japanisch könnte es sein diesmal. Es gibt so eine Rasse, sie hat sie ein paar Mal gesehen, so kleine aufmerksame Exemplare, keine Hunter, das wäre ihr unerträglich, wenn diese sofort hinter jede Hasenart hetzen würden. Diese Hündchen aber, mit gekringelten Schwänzchen haben, obwohl sie robuster aussehen, ein seidenweiches Fell und sind behutsame Beobachter.

Der seit Jahren verstorbene ältere Herr, mit dem grauen Kittel, den er stets in seinem Laden zu tragen pflegte, hat einen Sohn, den er ihr verschwiegen hatte. In Zusammenhang mit den Erbschaftsangelegenheiten haben sie einander kennengelernt und Kontakt gehalten. Jedoch habe sie ihn gebeten, ihr niemals den alten verrosteten Apparat zur Erinnerung hervorzukramen, den sie geerbt. Das hat sie nicht wollen. Was das eigentlich für ein Apparat sei, so der Sohn mehrfach fragend.
Klara schwieg stets.

Am Morgen wieder der Alarm, ihr würde ohne Wasserschuhe noch etwas Zeit bleiben für Besorgungen. Später am Vormittag sonst mit dem Gegummi über das Pflaster stolpern müssen. Sie bricht sich keine Knochen, das weiß sie genau, aber angenehm sei das nicht, raunt sie ihm ins Telefon, obwohl es so entzückende Modelle gäbe, zum Schnüren gar und recht zierliche, das wäre dann nicht so eine Schweinekobenangelegenheit.. Wie dem auch sei, sie hat sich mit den Jahren noch immer nicht gewöhnen können, vielleicht müsse man hier geboren sein. Sie klopft auf ihr Kissen, dreht sich noch einmal um, die Besorgungen können warten, mit oder ohne Wasserschuhe. Am besten, sie sind oberhalb wie ein Gurkenglas verschnürt, mit einem extrafesten ring. Wenn also zu steigen ist ins Wasser, das dann

nicht über die Ränder hinein und das Gegummi sinnlos geworden. Am liebsten lässt sie sich immer noch ins Wasser gleiten, die Schuhe, von welcher Sorte auch immer, ordentlich außer Schwimmweite gestellt, überflüssige Kleidung abgelegt, sodann hinein gestiegen, abgestoßen von den Steinstufen, diese vorsichtig zu betreten sind. Denn ein unsanftes, sowie unelegantes Abrutschen ist zu vermeiden. So durchmisst sie mit weiten weichen Schwimmstößen das grüne Tintenwasser, welches von innen her besehen keine dichte Tintenstruktur mehr aufweist, sondern zartlind und gläsern sie umspült, das reinste Wasser der Gräser und Gurken. Es sieht sie ja niemand aus dem Wasser steigen, und auch nur die sachten Wellenbewegungen sichtbar, beschreitet eine andere Kleiderzone, ein Spitzenvorhang, hinter den sie nur zu greifen braucht, um an ihre Schuhe zu gelangen, Handtücher überflüssig.
Das Taumeln ist ihr nicht abhanden gekommen und so manches Mal glaubt sie, an der Watteau-Uhr halt finden zu können, als wäre sie am Tisch angeschraubt. Dieses Schwanken sich gern einstellt nach diesen Gräser- und Gurkenglasbädern, gemeinsam mit den schwappenden Erinnerungen.

Aufmerksam die riesenhaften Möwen aus dem Augenwinkel betrachtend, an welche Klara sich nicht hat gewöhnen können, obwohl sie ihren Schrei aus der Ferne zum Nebel und Regen passend findet, so jedoch nicht in der Nähe ihrer Gummischuhe oder auf Balustraden in Schulterhöhe. Die weißen und die sandfarben gescheckten Vögel sind wunderhübsche Exemplare, aber auch rau und biestig, vielleicht nur untereinander womöglich. Die aufgestellten, hinten halb aufgefalteten Flügel, der aufhüpfende Angang, da mache sie lieber einen weiten Bogen, sie sei nun einmal keine Vogelkundlerin und denkt dabei an einen Freund. Vor vielen Jahren ist er gereist zu einer Insel im Norden des Kontinents, zurückgekehrt ist er nicht.

Unterwegs, nach Beendigung ihres grünen Tintenbades, nimmt sie einen Kaffee und etwas Süßes zu sich, hält sich nicht lange auf dabei, nur ein kurzes Schwätzchen, dann eilt sie weiter, um den Laden zu suchen. Es ist nicht einfach, obwohl alles immer wieder auftaucht und nicht verschwindet, wie sie weiß. Zum Beispiel ihre Nachbarin, kleinwüchsig geworden, sehr viel älter als sie, ja, das müsse sie dann doch einmal bemerken, komme aus ihrem moccafarbenen Pelzmantel nun überhaupt nicht mehr heraus. Sie hat sie niemals auch nur einmal mit Gummi an ihren Füßen gesehen, all die Jahre nicht. Bestrumpft und die zarten Füße, alle Frauen ihres Alters scheinen hier zarte japanische Füßchen zu haben, nur Klara hat hier wohl vergleichbar Riesenfüße, die sie von Zeit zu Zeit zumindest in schwarze Ballerinas geben muss. Nun ja, die Dame mit Fell und Täschchen schimmert auf an dem einen Ort, trinkt einen Kaffee wie sie, scheint in die eine Richtung zu verschwinden, möchte man schon vorweg nehmen, obwohl sie nur einfach in die eine Richtung geht. Jedoch kurze Zeit später wieder auftaucht, aber man sagt sich so gern, das dies nicht sein könne. Als würde man sich selbst entgegen kommen sehen.

Vor etlicher Zeit habe sie das Riesenboot sinken sehen.
Fröhlich winkend an der Reling, sind sie stehenden Fußes aufrecht abgetaucht, ein schmatzendes Brodeln über ihnen, der Fahrstuhl direkt hinunter in den Steinwald. Dazu sind sie hergekommen, um den Steinwald zu sehen. Nur hat ihnen niemand gesagt, dass sie das nicht dürfen. So sinkt also das schwere Spielzeugboot, welches sich unter höchsten Schwierigkeiten und unter Geleit in die Fahrrinne hat schleppen lassen, die Häuser überragte, nur um sodann zu plumpsen. Das hat dann eine Woche gedauert bis der Stadtschuh ausgeleert, tonnenweise Putz gespült wurde. Ein kurzes Untertauchen, um verwirrt die nassen Häupter zu recken, die Menschen finden sich auf Dachfirsten wieder, die Kinder spielen bereits auf den

Schornsteinen des Riesenbootes, welches stückweit aus dem Wasser ragt.

Geradewegs schwimmt sie hinein in die Eingangshalle, mit beherzten Schwimmstößen, den Pförtner in seinem verloren wirkenden Häuschen, rechts neben dem Eingang des weitläufigen Raumes hinter sich lassend. Die Sala befindet sich in der ersten Etage. Dort die wundersamen Eigentümlichkeiten des Lebens in Gläsern. Die hat sie nicht sehen wollen, wie sie auf der Wasseroberfläche schaukeln, luftdicht abgeschlossen. Zielsicher ist sie weiter geschwommen und beobachtet beiläufig jedes Detail, erreicht den Haupttrakt, die Rotkreuzboote schaukeln am Eingang. An der Wasseroberfläche gleitet die junge schwangere Frau, weit über ihrem Kopf fußwärts voran. Der Abstand zwischen Wasseroberfläche und Raumdecke so breit, wie ihr aufrechter Stand sein würde, könnte sie gehen auf Wasser. Die junge Frau bevorzugt jedoch das horizontal-wässrige Schweben in den Spitalschlund und weiß, dass hier nur das Kinn-zur-Brust-ziehen, das Strecken der Wirbelsäule sinnvoll. Sie atmet ein dabei, mit anschließender Atempause, vor allem, während der kurzen knappen Passage unter der Brücke hindurch, wobei das Streifen der Nase an Putz zu vermeiden. Ihren rund gewölbten Kugelbauch senkt sie mit sanftem Druck nach unten hin, wasserwärts, damit auch dieser hindurchpasse. So gleitet sie behutsam auch unter der letzten Brücke dieses Weges hindurch, benötigt kein Gefährt, dieses bliebe stecken, ist selbst Schiff und Fahrt, folgt dem im rechten Winkel abbiegenden Seitenweg, Kanal im Gehäuse, dort die lichte Entbindungsstation, die so ohne Weiteres zu erreichen. Dabei hat sie nichts gehalten bislang von Wassergeburten und streicht sich mit beiden Händen über Leiber, lächelnd.
Klara indessen verfolgt ihren durchgepausten Weg, ist beruhigt, weiß das Kindchen ausgelassen stapfen entlang doppelter Spundwände.

Klara kann nicht schlafen. Das dichte Licht des Vollmondes drängt von außen an die halb geschlossenen Fensterläden und setzt sich auf ihre Augenlider. Da sie früh zu Bett gegangen ist, sich bereits die halbe Nacht schlafend wähnte, jedoch nur eine geringe Zeitspanne vergangen, steht sie auf, kleidet sich an und geht in die nahe gelegene Bar, um einen Schlaftrunk zu sich zu nehmen. Zunächst begrüßt sie das japanische Hündchen, still, nicht ungestüm, nur das zarte Ringelschwänzchen zittert etwas. Dann prosten ihr die anderen Vollmondler zu, sie hat sich das Übliche bestellt. Zwei Musiker, die junge Frau am Klavier und ein älterer Akkordeonist spielen so lange, bis alle vollständig munter sind. Die Stimmung ist ausgelassen und Klara entdeckt nach einem kräftigen Schluck aus ihrem Glas, an einem der vorderen Tische den Sohn des Ladenbesitzers.

Im selben Moment dreht er sich um und prostet ihr zu und weist mit einer kinnhebenden Kopfbewegung zur Tür, um sie aufmerksam zu machen, was er soeben entdeckt hat:

Die junge Frau, den Kopf etwas zwischen die Schultern gezogen, ein Auge zugeklemmt und mit der rechten Hand eine imaginäre Kurbel drehend.

Klara erblickt nun die junge Frau, in der Nähe der Eingangstür, sieht sie stehen und filmen, sich selbst in der Spiegelung der Eingangstür und wie der Boden sich ihr nähert.

Claudia C. Strauß

Berlin. Wien.
Lyrik. Lyrische Prosa. Kammerspiel. Miniaturen.
Kurzgeschichten. Erzählungen. Romane.

Lesungen. Fotografie. Video. Installationen. Kurzfilme.
Tanzimprovisationen.

Weitere Veröffentlichungen (epubli)

Der skoliotische Koi Kurzprosa, 2017, ISBN: 978-3-7450-7500-7

lauter polardinge Miniaturen, 2021, ISBN: 978-3-7531-7049-7

Kunst_Texte **Verwandlungen** Kurzprosa, Kurzgeschichten, 2021, ISBN: 978-3-7541-3064-3

Die Bildwirkerin Roman, 2021, ISBN: 978-3-7549-3154-7

das frequenzzentrum Roman, 2022, ISBN: 978-3-75496567-2

PUFISOUND Kurze Geschichten, 2022, ISBN: 978-3-7565-3847-8

STERNENKURS Ein Kammerspiel, 2024, ISBN: 978-3-7597-1429-9 **(BoD)**

www.ingramcontent.com/pod-product-compliance
Lightning Source LLC
LaVergne TN
LVHW042232190726
843491LV00003BA/1027